CW00349769

Un personnage de Thierry Courtin
Couleurs : Françoise Ficheux

Loi n° 49.956 du 16 juillet 1949
sur les publications destinées à la jeunesse.
© Éditions Nathan, 2008
ISBN : 978-2-09-251931-8
N° d'éditeur : 10166106
Dépôt légal : janvier 2010
Imprimé en Italie

T'choupi
va à la piscine

Illustrations
de Thierry Courtin

 Nathan

– Papi, tu te souviens
qu'on va à la piscine aujourd'hui ?
– C'est vrai, T'choupi,
je te l'ai promis !
– Et n'oublie pas mes brassards !

À la piscine, T'choupi
se débrouille comme un grand :
il se déshabille tout seul.
– Ça y est, je suis prêt !
Tu viens, papi ?
– J'arrive, T'choupi, j'arrive !

Papi range toutes les affaires
dans un petit casier.
Mais T'choupi est impatient.
– Attends-moi, lui dit papi.
Et ne cours pas : ça glisse !

Avant d'aller dans le bassin,
T'choupi prend une douche.
– Brrr ! C'est froid...

T'choupi enfile ses brassards
et hop ! il va dans l'eau.
– Papi, regarde comme
je nage vite !
– Bravo ! Essaie sans
la planche maintenant...

– Tu as vu, papi, je t'ai rattrapé !
– C'est bien, mon T'choupi,
tu nages vraiment comme
un petit poisson.

– Tu veux aller sur le toboggan ?
propose papi.
– C'est haut ! J'ai un peu peur...
– Ne t'inquiète pas, T'choupi,
je suis là. Lance-toi !

T'choupi se laisse glisser
sur le toboggan... et plouf !
il atterrit dans les bras de papi.
– Youpi !

– Allez, mon T'choupi,
on va rentrer, maintenant.
Tu trembles de froid...
– Nooon, paaapi, çaaa vaaa !

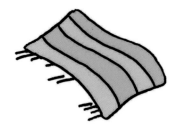

Une fois rhabillés, T'choupi
et papi rentrent à la maison.
– On est vraiment des champions
hein papi ?
– Oui ! Et les champions ont
droit à un bon goûter !